句集 Mizukoi-dori

水恋鳥

堀 瞳子

朔出版

句集　水恋鳥　目次

装丁　奥村靫正／ＴＳＴＪ

句集　水恋鳥

I

若菜摘

平成二十四年〜平成二十六年

百二十三句

平成二十四年

魔祓ひの風を切りさく弓始

子に残す日誌阪神震災忌

名優の声衰へず鬼やらひ

金剛の山に雲ある余寒かな

鳥山の沖に立ちたる春の潮

みすゞ忌の貝殻合す遊びかな

浦風や重石を足せる海女の舟

もつれつつ蝶の零るる甍かな

異人館通り鮊子炊く匂ひ
ひとひらの落花青空引き寄せて

父の日の端渓に水満たしけり

まだ風になびかぬ丈の夏野かな

すめらぎの国誉めの浜星涼し

入潮の堰に水母の押し合ひぬ

水貝や雲引かぬ月大きくて

箸を置くたび夏潮の匂ひけり

きのふよりけふのうれしき虹二重

日の斑より日の斑へ茅の輪くぐりけり

暮れきつて俄に早し滝の音

鳥けもの来て争はぬ泉かな

だしぬけの噴水に日の零れけり

濁りたる水に魚棲む日の盛

街歩く人に躓く大暑かな

大粒の雨に夏負け解けにけり

ふり向けば皆うしろ向く踊かな

刈頃を一日待たせ稲つるみ

獺祭忌雲湧く力衰へず

呼ぶ声のまつすぐ届く花野かな

秋の日の水がきれいと山下る

純白のためらひあらず毒茸

花薄風に遅れてゆれ止みぬ

山奔る時雨の音も吉野かな

摑みたる枯蟷螂のあらがはず

神子の挿す花の簪おんな祭

鋭角もらせんも随意蓮の骨

みづうみの越冬燕日を返す

よき色に枯れておほぢがふぐりかな

光まだ失せずに冬の立羽蝶

終弘法なんと買ふものの多きこと

年の夜の抱かれて歩くチェロケース

平成二十五年

火を入れて紅さす魚や節料理

半襟の宝づくしの御慶かな

金神の方位侵さず若菜摘

二十日正月ひろびろと畳あり

おのづから風にかがやく白鳥は
空深くなりたる冬の菫かな

寒立馬雪に埋もれし草を嗅ぐ

春霰に変りたる音浮御堂

そよぎつつ欅は新芽ほどきけり

一枚は風の断片白木蓮

青き踏む言の葉のほか携へず
鳥声も入れて流觴届きけり

うららかや馬の嘶く農学部

居眠りの方丈さんに花ふぶく

能楽会控の間にも花埃
後戻りして逃水を囃すかな

ばら鮨の半切扇ぐ夕薄暑

しろがねの波よ月下の麦畑

バスに乗るたびに眠くて栗の花

托卵の鳥や魚や山滴る

蟬の殻割りたる翅のうすみどり

夏雲や彫り半ばなる摩崖仏

公転の軌跡追ひかけ砂日傘

タンカーの沖はとゐ浪夏の果

秋の風バニラの匂ふ駅舎過ぐ

秋扇たたみてよりの気骨かな

湖の干満小さし鳥渡る

秋蛙水に流されまいと跳ぶ

息一つ吐いて帯締む星月夜

葉鶏頭黒々と影置きにけり

金箔の仏に翳り秋しぐれ

流星を数へ立山泊りかな

朴の実のまがまがしきは花に似ず
宮人は小まめに冬の更衣

十二月生簀に魚の足されたる

鎮魂の像に日当るしづり雪

平成二十六年

初日の出浪花の空を均しけり

水中の魚を眠らせ氷面鏡

厳冬の日の道とほる渚かな
寒凪のいくりに月の華やげる

冴返る一日鳥の声聞かず

春の霜林冠に日の溢れけり

棒一本立てて神とす芽吹山

遥かへと光放てり雪解川

啓蟄の土を返せば匂ひけり

中天に月のとどまる朧かな

春の潮むかしの地図に鯨ゐて

数式の端に落書うららけし

寄り添ひてゆくを恃みに雛の舟

春暖やひかりの躍る鮑殻

囀の真中へ土橋渡りけり

湧き出せりおたまじやくしを嚇かせば

帆畳みの船に春星灯りけり

春の空登牆礼の声ひびく

きつねだな眉のきれいな人にあふ

花冷えは抱卵の土佐ジローにも

土竜穴蛇穴春のたけなはに

いつもより鳥が遠くに更衣

走り茶や健やかに母老いてゆき

青嶺濃き日本のフォッサマグナかな

声太き燕の子より滑空す

蛍籠寝転んで見る置いて見る

星の恋防波堤より波がしら

法衣屋に隣る念珠屋秋うらら

天河より星零れだす茄子の馬

新盆の家を巡りぬ踊笠

さやかとは雨上りたる山の色
鷹渡る海風はまだ熱を帯び

神島の気流に入りぬ秋の蝶

種朝顔手紙のやうに封緘す

跨ぎゆくものの一つに秋の蛇

定まりてよりの静けさ木の実独楽

くさびらの猪《ゐ》口《ぐち》ばかりが採れにけり

うらがれや馬の足跡やはらかく

黄落の積もれば母のごとくあり
秋思とは見果てぬ夢の続きかな

夕暮の落葉明かりに歩を伸ばす

山茶花は一重がよけれ白はなほ

帯解に姉母祖母と曽祖母と
人混みの中のやすらぎルミナリエ

賛美歌に手拍子のつき聖誕祭

数へ日の漁港に艀を待ちゐたり

月光を取りこぼしたる氷柱かな

II

星の入東風

平成二十七年～平成二十九年

九十九句

平成二十七年

さくらねず色の満月春立てり

春まけてはしばみの木に鳥いろいろ

流氷を見に行く帽子選りにけり

三月の水の光を列車受く

どこまでが沖どこからが蜃気楼

春の昼いつものやうにタンゴから

そろそろと吹き大胆に石鹼玉

折山の破線をあるく春の蝿

雨催ひ仔猫の声がきのふより

ほぐれつつ狂《ふ》れつつ桜満開に

リラ冷えの杯を重ねて修司の忌

宿り木のまんまる卯月曇かな

六月の海の匂ひを犬が嗅ぐ

青岬大河を入れて潮流る

一呼吸してペーロンの櫂そろふ

脈打つて青嶺の空の拡がれり

船虫に三尺の距離ちぢまらず

廃道の鉄鎖の匂ひ夏あざみ

ひと群の鹿の入りたる夏木立

葉おもてに日の沈む色蔦茂る

処暑すでに山なみに雲寄りきたり

母の乗る茄子の牛なり花飾り

曳航の船ゆく簾名残かな

鳥葬のありしは遥か山粧ふ

封筒の星砂こぼす良夜かな

本降りとなりぬ枝豆山盛りに

鳥の目に荒地野菊のしづかなり
千年の森つつがなく黄落す

火の山に寝静まる鳥末枯るる

浄め水厨に置かれ秋土用

ころ柿を踊らせてゐる古箕かな

残照は比叡山へと秋収め

夕づつもさぞやと冬の青空は

凍蝶やわたくし雨が樹幹まで

空つぽの菜籠がふたつ冬銀河

安らへり枯野の中に端座して

天使みな長き名を持ちクリスマス

やんはりと終のことなど白障子

平成二十八年

春はあけぼの聞き耳を立ててをり

麗かやマジシャンは人切断し

夜蛙の合唱にあふ帰参かな

一押しのべつぴんといふ桜鯛

高知県本山町の師系三句碑を訪ねて

先生を囲みて花の山にをり

衣擦れの音はユーカリ夏隣

初鰹禰宜が抱へて行きにけり

ばたばたと鳩が地に伏す日雷

夕ぐれの紫陽花白の勝りたる

空を飛ぶかたちに素揚げつばめ魚

庭中の虫を騒がせ草むしり

稲妻を拾へりラジオ深夜便

子の影を月よりもらふ良夜かな

眼を病めば耳に安らひ夜半の秋

落鮎の鰭打ち合ひて流れけり

秋小寒波が小石を巻き上げて

月白や鳥の寝まれる水駅《みづうまや》

初霜にまみれて蜻蛉動かざる

すずめ色時の底冷え先斗町

花米《はなしね》を一升荒神祓かな

平成二十九年

床の間に若鷹の軸初句会

うらにしを鎮むる御神酒漁始

寒声のひとりは蝶々夫人なり

梅香る沖に採石島見えて

ひと言で足りる挨拶麦を踏む

恋猫の月の庭より戻りくる

湿原に鳥の散らばる涅槃かな

朽舟は鳥の止り木水草生ふ

流水は影をうつさず春の月

鯉どんこ鯎蚊だやし水温む

日迎の三輪山へ歩を伸ばしけり

沖雲の光る鯛網日和かな

調弦の合はぬ蛙の目借り時

方違へ菜の花の丘通りゆく

春の虹代はるがはるに席ゆづり

夕映えの燃えだしさうな古巣かな

泉下には父母の宴花月夜

天守より難波津の春惜しみけり

体幹の冷たし棕櫚の花みちて

乗鞍も穂高も蒼し夏初月

軽暖の浜辺に五色石拾ふ

暮石《くれいし》は右城暮石の生誕地

暮石の森にひねもす水恋鳥

喜んでゐるよあの水恋鳥は
うすうすと月光蛍袋にも

根本霊場もてなしといふ滝の音

竹酔日母屋に風を入れにけり

縁切りも結びも祈り夏の月

立秋の鳥に力を貰ひけり

朝の日を戴くやうに稲の花

見てみたきものに行基図荻の声

聞き覚えなき声をあげ秋の蟬

眼鏡手に寝落ちて二百十日かな

秋の航オーケストラと乗り合はす
しなやかに畳む水掻き冬に入る

星の入東風鶏は爪たてて
冬あたたか嗽の水に塩すこし

あかず見る花のかたちにふる雪は
一湾の種火のやうに冬の月

アカペラの男盛りの聖歌かな

雪止んでよりオリオンの盾ひろぐ

数へ日の日向日影の匂ひかな

Ⅲ 夏越

平成三十年～令和二年

九十八句

平成三十年

叡山の明るし魚は氷に上り

彼岸会の墓を雪より掘りだしぬ

花虻の音の高さに淡路島

あゆの風潮吹岩を鳴らしけり

膝抱いて腕やはらか菫草

受取りの判押す桜月夜かな

春炬燵紙の奴の行列す

部屋干しの色とりどりに蒙古風

虫籠窓開かれてゐる端午かな

今年竹思ひ切りとはこのくらゐ

額縁の中の海原ソーダ水
使ふあてなき香水を大事にす

初蟬のコントラバスの響きかな

大樹みな良き形もち夏帽子

山上は無垢の青空ウェストン祭

大瑠璃の声爪立ちて聞きにけり

朝凪や始発電車に風入れて

雨音のはづれに秋の来たりけり

朱を入れてこその天地曼珠沙華

十五夜や力をぬきて稚を抱き

秋風の何持ちてゆくひだる神

蘆刈の声の二手に分かれけり

林檎剝く生命線を縦よこに

缶蹴りの鬼を泣かせて冬日向

魚博士ゐる小春日の船着場

水飴を練つてくれたる風邪心地

丁子屋の三和土の障子明かりかな

しんしんと雪積む放置林増えて

平成三十一年・令和元年

玻璃越しの新生児室初ゑくぼ

太白の明けの輝き葛晒す

咲くときの音あるとせば寒牡丹

日の差してより雪虫の浮力増す

吉野山夕日隠れの野火しづか

自画像の絵師潜みゐる涅槃絵図

春の星夜行列車は灯を落し

春風に運ばれてゆく葬りかな

葬ひとつ終へたる安堵水温む

好風は海の底にも若布刈

くわんおんに似たる面差し花衣

日あまねし花の亦《えき》楽《らく》山荘は

鳥声のなくてたいくつ春の波

いかのぼり空の限りに繰り出せり

採卵の魚の跳ねゐる夏隣

月山の行者返しや青嵐

鴨の子の早くも風に馴染みたる

海見えてよりの早足風薫る

つぎつぎに形よき橋船涼み

筒切の鯉の煮付も土用かな

浮雲のゆつくり動く金魚玉

皿に盛る金平糖や谷崎忌

早打ちにつづく追打ち揚花火

にぎやかや屏風祭の奥座敷

丸ごとの冬瓜母ならばいかに

いくたびも川を渡れる展墓かな

先頭は父なり瓜の馬ならび

神の名の山々小鳥来たりけり

秋深し和讃は波の音に似て

譜面台の畳まれてをり十三夜

新しき元号の世を神の旅

山神を鎮めて熊を解体す

鴨の肝引き当てゐたる薬喰

冬の日や遺品ひとつを決めかねて

令和二年

一対は美し門松も父母も

初蝶の光まみれの翅のばす

高原の水ほとばしる雪の果

紀ノ川をけづる波音風光る

ひもすがらかたちよき波桜貝
永日の眠たさうなる木魚かな

いち枚の風に分れて飛花落花

野遊の指笛に鳥加はれり

耕人の水平線へ背を伸ばす

胎盤に似て蚕豆の莢やはし

何となくそはそは母の日が近し

舟もやふ芒種の水の匂ひかな

流されてばかりや梅雨の水馬

ためらひを見すれば鵜縄くひ込めり

皮剝の肝のうすべに潮汁

真昼間の金魚静かに餌をねだる

読み止しの本がいくつも遠郭公

大声を立てぬ暮しよ水中花

今生の容易ならざる夏越かな

辛抱の一日一日の夜の秋

昭和にはなき紫もプチトマト

魂送り月齢十五のはなやぎに

秋高し鳥のかたちの石拾ひ

子授けの神は丸顔小鳥くる

蛇笏忌の峠より富士遥拝す

素直とは故郷に似てとろろ汁

登高や雲のはぐくむ草やはらか

影淡きステンドグラス冬に入る

息そろへ大縄跳の風となる

毛糸玉縁の日差にふくらみぬ

月蝕のとほくにありぬ狐罠
どこまでも飛火野の空雪ばんば

炉火赤し山の名前を指折りて
整然とならぶ稲株冠り雪

大歳の筆の穂先を整ふる

ふたたびは出合はざる雲山眠る

句集　水恋鳥　畢

あとがき

『水恋鳥』は、第一句集『山毛欅』、私家版の句文集『日本百名山登山と折々の句・百の喜び』のなかに山の句を集めた『桷の花』を収録しており、それに続く第三句集になります。

句集名『水恋鳥』は茨木和生主宰に拠るものです。

「運河」に入会して、毎年四月に行われる、高知県本山町の右城暮石顕彰全国俳句大会に幾度となく参加し、四国の至る所を吟行しました。前泊、あるいは前々泊で吟行し、大会当日の朝、先師右城暮石の墓に花を立て、師の好きなお酒を供えて、午後から開催される俳句大会に参加するのが毎年の習いでした。ある年、五月に行われたことがありました。事前に茨木主宰が「五月の暮石《くれいし》は水恋鳥が鳴く――」と言われていた通り、暮石の生まれた里に水恋鳥（アカショウビン）の声が響きわたっていました。先師の山中の墓が旧居のすぐ近くに移されていて、新しい墓所から暮石の渓が見わたせました。

「運河」会員の年齢が上がり、足の不自由な人が増えるなか、山道を登ることなく墓参り出来たことへの感謝、また初めて聞いた水恋鳥の鳴き声に感動した素直な気持ちを込めて、水恋鳥を詠みました。句集名に残すことが出来、改めて嬉しく思っております。

コロナ禍の不安のなかで、句会や吟行が出来ず、また好きな登山も次々に中止になり、鬱々とした日々を過ごしておりました。その間の体力の衰えは否めず、忸怩たる思いが募っていましたが、俳句に関わり続けてきたことで、気力を保つことが出来たと思っております。仲間の皆様には感謝しかありません。

そして多くの本を読みました。王朝文学や歴史小説には幾度となく流行病が書かれ、ファンタジーに分類される小説にも、疫病から始まる物語があることを知り、歴史に学ぶ、先人に学ぶことの大事を思い知らされました。本の中の様々な言葉が気持ちを向上させてくれたことを、有り難く思います。

この句集を出版するにあたり、関わっていただきました「運河」、「鳳」の皆様に感謝申し上げます。

また朔出版の皆様にも大変お世話になりました。御礼申し上げます。

令和三年　九月吉日

堀　瞳子

著者略歴

堀　瞳子（ほり　とうこ）　　本名　堀　博子

昭和 25 年　福岡県生れ
平成 12 年　「火星」入会
平成 15 年　「火星」退会
平成 16 年　「運河」入会
平成 18 年　同人誌「湖心」参加
平成 24 年　「湖心」終刊
平成 24 年　同人誌「鳳」創刊参加（平成 29 年に浅井陽子氏の主宰誌に）

現在　「運河」「鳳」同人、「尚文句会」会員
俳人協会幹事、大阪俳人クラブ会員

住所　〒 651-2272　兵庫県神戸市西区狩場台 4-23-1

句集　水恋鳥　みずこいどり

2021年11月1日　初版発行

著　者　　堀　瞳子

発行者　　鈴木　忍

発行所　　株式会社 朔《さく》出版
郵便番号173-0021
東京都板橋区弥生町49-12-501
電話　03-5926-4386
振替　00140-0-673315
https://saku-pub.com
E-mail　info@saku-pub.com

印刷製本　モリモト印刷株式会社

ISBN978-4-908978-71-5　C0092